AF363868

1874 Décembre 21

VENTE JUSTIN OUVRIÉ

CATALOGUE

DES

TABLEAUX

ÉTUDES, AQUARELLES ET DESSINS

PROVENANT

De l'Atelier de M. Justin OUVRIÉ

DONT LA VENTE AURA LIEU

HOTEL DROUOT, SALLE N° 4

AU PREMIER ÉTAGE

Le Lundi 21 Décembre 1874

A DEUX HEURES PRÉCISES

EXPOSITION PUBLIQUE

Le Dimanche 20 Décembre 1874, de une heure à cinq heures.

M° COUTURIER	M. FÉRAL
COMMIS^{re}-PRISEUR	EXPERT
rue Drouot, n° 21.	rue de Buffault, n° 23.

CHEZ LESQUELS SE DÉLIVRE LE PRÉSENT CATALOGUE.

PARIS — 1874

Vᵉ RENOU, MAULDE et COCK

IMPRIMEURS DE LA COMPAGNIE DES COMMISSAIRES-PRISEURS

Rue de Rivoli, 144

VENTE JUSTIN OUVRIÉ

CATALOGUE

DES

TABLEAUX

ÉTUDES, AQUARELLES ET DESSINS

PROVENANT

De l'Atelier de M. Justin OUVRIÉ

DONT LA VENTE AURA LIEU

HOTEL DROUOT, SALLE N° 4

AU PREMIER ÉTAGE

Le Lundi 21 Décembre 1874

A DEUX HEURES PRÉCISES

EXPOSITION PUBLIQUE

Le Dimanche 20 Décembre 1874, de une heure à cinq heures.

Mᵉ COUTURIER | **M. FÉRAL**
COMMISᵗᵉ-PRISEUR | EXPERT
rue Drouot, n° 21. | rue de Buffault, n° 23.

CHEZ LESQUELS SE DÉLIVRE LE PRÉSENT CATALOGUE.

PARIS — 1874

CONDITIONS DE LA VENTE

Elle aura lieu expressément au comptant.

Les Acquéreurs paieront CINQ POUR CENT en sus du prix d'adjudication, applicables aux frais.

Justin OUVRIÉ a quitté son atelier pour n'y
plus rentrer; un mal terrible a terrassé ce vail-
lant artiste qui, malgré son talent, ses succès,
sa réputation, n'a pu trouver, sur le déclin de sa
carrière, la fortune et le repos auxquels il avait
droit d'aspirer.

C'est pour adoucir les moments qui lui sont
comptés que nous vendons aujourd'hui les fruits
aimés de ses laborieux travaux. Tout ce qui
était resté sur ses chevalets, aux murs de son
atelier ou dans ses cartons sera prochainement
dispersé au bruit des enchères. Ainsi seront
livrés au public ces Croquis, ces Dessins, ces
Notes empruntés à la nature, que l'artiste n'a-
bandonne qu'avec la vie; les Études peintes, par-

ticulièrement réussies, dont il hésite toujours à se séparer, plusieurs Tableaux terminés, quelques autres plus ou moins avancés.

Sans avoir vu ces ouvrages, on les devine; qui ne connaît en effet le talent précis, consciencieux de Justin OUVRIÉ? D'autres ont sans doute une veine plus large, un pinceau plus hardi; mais peu de talents se sont montrés plus fins et plus charmants. Quels souvenirs éveillent, dans l'esprit du public voyageur de notre époque, toutes ces vues animées des villes du nord, savamment disposées en perspective sur la colline et reflétant leurs murailles colorées dans les eaux de la Tamise, de l'Escaut, du Rhin ou des lacs de la Suisse!

Justin OUVRIÉ a fixé sur la toile l'image de ces vieilles cités prises sous leurs aspects les plus pittoresques, et par les effets les plus divers. Il a saisi l'esprit des clochers gothiques, des maisons de bois, des hauts pignons, des canaux et des ponts qui en joignent les deux rives; on peut dire, en un mot, que ses tableaux d'intérieurs de villes ne sont pas indignes des ouvrages des meilleurs artistes dans ce genre de peinture.

Justin OUVRIÉ n'est l'imitateur d'aucun maître; sa manière lui appartient en propre; ses toiles portent d'elles-mêmes sa signature, et personne ne peut se méprendre à l'attribution qui doit en être faite. Ce caractère individuel suffirait pour faire vivre les ouvrages de Justin OUVRIÉ, alors que le nom de tant d'artistes vantés et recherchés aujourd'hui, viendra se confondre et s'éteindre dans la réputation de ceux qu'ils auront imités. Les qualités plus spéciales qui ont fait le succès des tableaux de Justin OUVRIÉ, déjà placés dans les Musées de l'État et les collections particulières, recommanderont aussi à l'attention des amateurs les ouvrages que nous venons présenter au public. Nous nous plaisons à penser que les personnes qui ont aimé le talent de notre artiste, qui en ont suivi le développement, qui en retrouvaient avec plaisir les charmants spécimens aux Expositions annuelles, voudront, avant la disparition de ces inspirations premières, en conserver un souvenir dont la vue leur causera toujours la plus agréable impression.

DÉSIGNATION

TABLEAUX ET ÉTUDES

Par Justin OUVRIÉ

1 — Vue de Jersey.

> Toile. — H. 50 c. — L. 1 m. 20.

2 — Vue d'Édimbourg.

> Toile. — H. 40 c. — L. 1 m. 20

3 — Vue du lac de Thoun.

> Toile. — H. 40 c. — L. 1 m.

4 — Le Moulin de Ryowick.

> Toile. — H. 41 c. — L. 1 m.

5 — Vue de Hollande.

> Toile. — H. 40 c. — L. 1 m.

Ces deux Tableaux étaient destinés au dernier Salon.

6 — Moulin sur l'Escaut.

Toile. — H. 00 c. — L. 0 m.

7 — Les Bords du Rhin.

Toile. — H. 00 c. — L. 0 m.

8 — Le Vévuerberg à La Haye.

Toile. — H. 00 c. — L. 0 m.

9 — La Jungfrau.

Toile. — H. 60 c. — L. 1 m.

10 — Saint Goar sur le Rhin.

11 — Petit Canal à Bruges.

12 — Canal à Amsterdam.

13 — Vue de Bruges.

14 — Château de la reine Blanche.

15 — Vue de Briquebec.

16 — Vue de Suisse.

17 — Vue du Bois de Vincennes.

18 — Autre Vue du Bois de Vincennes.

19 — Royat (Puy-de-Dôme).

20 — Royat (Puy-de-Dôme).

21 — Vue d'Édimbourg.

22 — Vue du Tréport.

23 — Le Marché aux Herbes, à Amsterdam.

24 — Vue du mont Blanc.

25 — Plage d'Étretat.

26 — Vue de Suisse.

27 — Marine.

28 — Vue de Bruges.

29 — Vue prise à Eu.

30 — Étude d'arbres.

31 — La Pfalz sur le Rhin.

32 — Une Rue d'Avallon.

33 — Heidelberg.

34 — Vue du château et du lac de Thoun.

35 — Salzbourg.

36 — Heidelberg.

37 — Jersey (Château de Montorgueil).

38 — Vue de Schaffouse.

39 — Le Moulin de Ryowick.

40 — Autre Vue du moulin de Ryowick.

41 — Vue de Hollande.

42 -- Sous ce numéro seront vendues quelques Études
non cataloguées.

AQUARELLES

43 — Le Marché aux Herbes à Amsterdam.
Très-belle Aquarelle.
H. 44 c. — L. 72 c.

44 — Le Château de Châteaudun.

45 — Vue de Briquebec.

46 — Maison des Orphelins à La Haye.

47 — Le Château de Pierrefonds depuis sa restauration.

48 — Vue prise de l'Hôtel de la Monnaie à Amsterdam.

49 — L'Église de Laroche, près Landerneau.

50 — Sous ce numéro seront vendus environ 150 Dessins sous verres.

TABLEAUX ET ÉTUDES

Par différents Artistes

BELLEL

51 — Paysage (Étude de rocher).

BERTHELMY

52 — Marines (Deux Pendants).

JACQUET (Mme), née Justine Ouvrié

53 — Paysage.

LAPITO

54 — Paysage (Étude).

VALLON DE VILLENEUVE

55 — Paysage (Étude).

RICHET

56 — Femme à la fontaine.

VÉRON (Alexandre)

57 — Les Vendanges à Marlotte.

VÉRON (Alexandre)

58 — Entrée du village d'Auvers, près Pontoise.

BERNARD (ARMAND)
(Grand Prix de Rome)

59 — Vue prise aux environs du lac du Bourget.

JOULIN (Mlle CAMILLE)

60 — Fleurs et Fruits.

JOULIN (Mlle CAMILLE)

61 — Jeune Femme à sa toilette.

DESSINS ET AQUARELLES

SPRINGER

62 — Cour d'un vieux château.

SPRINGER

63 — Femmes prenant de l'eau à une fontaine.

MAYER (A.)

64 — Maisons au bord de la mer (Bretagne).

VALÉRIO

65 — Maison hollandaise.

ANASTASI

66 — Paysage.

BELLANGÉ

67 — Croquis à la plume.

DUMARESCQ (Armand)

68 — L'Aumônier (Épisode de la guerre d'Italie).

HAMMAN

69 — Personnages vénitiens.

JOLLIVET

70 — Étude pour une peinture murale.

———— .

71 — Sous ce numéro seront vendus les Dessins et Aqua-
relles non catalogués.

OBJETS DIVERS

72 — Recueil de Portraits anciens.

73 — Nombreux Croquis.

74 — Plusieurs Portefeuilles contenant des Photogra-
phies : Vues des Bois de Boulognè et de
Vincennes.

Vos Renou, Maulde et Cock, imprs de la Compagnie des Commissaires-Priseurs,
rue de Rivoli, 144.   49468